謝謝你，
依然在這裡

Daydreamer's

圖/文

FROM：真心的我：○ ○ ○

STAMP

TO：親愛的妳：○ ○ ○

· · · · · · · · · · · · · · ·

我們一起走過 _____

_____

_____

 謝謝你，
依然在這裡

LOVE

THANK YOU
FOR BEING HERE

ABOUT ME

HI

白天的我是一名平面設計師,到了晚上,有了屬於自己的時間,我就變成一名插畫家。

插畫是我的興趣,初衷是把粉絲團當作放插畫作品的平臺,讓認識的朋友觀看,後來漸漸越來越多陌生人按讚、留言,並給了「很療癒」、「這鼓勵了我」這類正向的回饋,才發覺原來我的圖文也能引起別人共鳴。作品能被喜歡很開心,這也成為我繼續創作的動力,一路跌跌撞撞,畫到現在。

我的創作題材是來自於日常生活的感受,而我的創作風格是富含手繪感、低飽和色、可愛風格的人物,用簡單線條勾勒出所想的畫面,再加上也喜歡寫文字抒發感受,圖文就成為我和世界溝通的方式。

而我所繪製的圖,常常出現「尖鼻子女孩」這個角色,其實是我純粹覺得這樣畫很可愛,還有粉絲幫忙取了「胡蘿蔔女孩」這個名字,後來就成為固定出場的人物,之後又衍生出羊臉朋友(有時是男孩,有時是女孩),有了這些角色,讓我抒發的情感可以更豐滿。

就讀臺藝大設計研究所時,我才算是正式接觸插畫,小時候熱愛畫畫的我應該怎麼樣也想不到,能藉由插畫讓夢想成真。印象最深刻的經驗,是和臺中勤美誠品,合作聖誕檔期的插畫聯展,為了繪製一間小屋,扎實地住在臺中一週,累得很開心。這些都是我所料想不到的。

雖然嘗試有可能會失敗,但不嘗試就一定不會成功。一直存有這樣的信念,持續精進自己,靠插畫維生是我努力的方向,希望能一直享受其中。

目　錄

而我擁有的只是真心。

Chapter 1
真心的我

吹過蠟燭後，願望不一定會實現；
夢想的重量，現實好像支撐不起；
但我選擇固執地奮力一搏。

因為擱在不遠處，
依然溫熱的初衷、
一直以來的興趣、
充滿傻勁的毅力，
以及那顆充滿熱情的心，
都時時刻刻提醒自己：
不要放棄！

把心藏得太好，
就難以被找到。

面對專業，需要武裝姿態，戴上冷峻。
面對現實，柔軟的外表下則存在堅毅。

剝開層層包裹的洋蔥式面具底下，
藏有什麼樣的內心呢？

在相處之中，無論是與別人相處，或是一個人獨處，
才能慢慢了解真正的自己。

不讓自己待在負面情緒裡太久。

有開心的時候就會有喪氣的時候，
有時甚至難以用喜怒哀樂輕易劃分。
可能憂喜參半，也可能又哭又笑，
矛盾情緒可以有無數種。

所以那些看上去總是正向、快樂的人，
或許並非不曾失意過，
而是不讓自己待在負面情緒裡太久。

努力了很久，
在所剩無幾的時間裡奔跑。
即使跑得很慢，
還是會到達終點的！
可以失敗，
但不可以認輸！

TIME IS RUNNING OUT!

給自己多一點犯錯
　　　的空間。

14

凡事都有第一次的嘗試，
包括第一次度過自己的這個人生。
記得包容自己的一點缺陷，
曾經犯過的一些小小失誤，
因為沒有人能夠一路滿分，
完美地走過自己的人生。
請試著再給自己多一點
容許犯錯的空間，才有加分的機會。

我還在這。

Daydreamer's

15

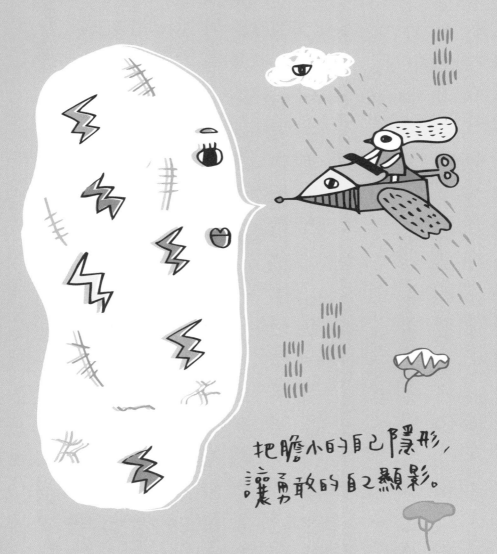

把膽小的自己隱形，
讓勇敢的自己顯影。

情緒可以很滿，但不是表演。
在什麼樣的人面前，
在怎樣的場合裡，可以只扮演自己？

在獨處的時候，
在某個人面前，
會因為太開心感動而無法言語，
會因為太悲傷難過而落淚。
情緒是 100% 直接，
都是毫無保留的體現。

煩惱太多，
快樂就會被壓縮。

生活中填滿了情緒，
但當下能感受到的就這麼多。
如果煩惱糾結太多太厚，
快樂就會被壓縮，
正面情緒就會變稀薄。

奮力一搏，貼近一點。

並不是漫無目的地生活，
也想好好抓住機會，
不放過任何的細節。

知道有人和你一樣努力，
受同樣的苦，也就不以為苦了。
因為我們都是朝著夢想前進，
為了目標努力地活著的人啊！

繪出夢想的形狀。

知道自己要什麼是很難的事情。
最想要的，就放在心底。

知道自己不要什麼，是更難的決定，
讓割捨的隨時間慢慢過濾，
最後剩下的，便是最最在意的事。

一點一滴，繪製夢想真實的形狀。

或許夢想並非遙不可及。

只要確定了方向，
接下來要走的路就不算太遠，
終點也像是近在眼前。
因為朝著夢想踏出的那一步就是前進，
和夢想的距離，每踏出一步就更接近。

盡力做到最好、但不刻意要求完美。

有時已經很努力了，
卻差了令人扼腕的臨門一腳。
事事無法如預期般臻於完美，
也別和自己過不去。
因為生活常態裡，
總是充斥東一點西一點的小缺陷。
不完美的完美才是日常細節。

縱然現實有許多不得已的無奈、
很多讓人氣餒的事情,
但自己可以選擇
想要成為什麼樣子,
不管要去哪裡,
儘管邁開大步前進。

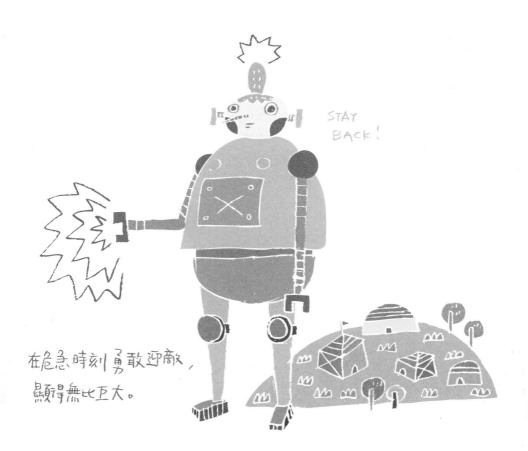

在危急時刻勇敢迎敵,
顯得無比巨大。

並非所有能力都是與生俱來的，
比方堅強，比方勇氣。
面對困難，學習一次比一次更勇敢。
挫折以後，要學會更加堅強。
「勇敢」可以存在任何人身上，
即使平時溫馴的人，
都有想保護的東西。

想成為寬容的人。

當下的生氣難過，
不一定要留到結果。
寬容是，不把別人的過錯，
變成自己的負面情緒。
你可以有選擇自己情緒的權利。

理想假期模式：

抽離所有忙碌的種種，
把握任何可以大啖美食的機會，
出門走走時會有陽光作陪，
不想出門就慵懶地蜷成一圈。
That's the reason why holidays exist！

「單純想做好這件事。」
「一輩子就做好一件事吧。」
「因為方向很明確只想選擇這條路，
所以也沒有退路了。」

或許選擇太多才會猶豫不決，
沒有退路，就只能勇往直前。

能夠擁有一點點就很開心，
但不快樂偶爾也會不請自來地莫名降臨；
不過啊，好的壞的都會過去，
風平浪靜之後，還請記得繼續前進。
那些不開心的就請清空、遺忘，
因為要讓出空間，去記住重要的人。
前方還有許多明媚風景。

挫折會成為
以後的養分。

yung

順順地走著，也會遇到窟窿；
即使方向明確，有時也不免感到迷惘，
路途遙遠，不知道自己走了多久。

那些挫折與打擊，
不管一開始以何種面貌示人，
最終會變成讓人淬鍊成長的養分。

因為最難得可貴的，
不是在安逸裡編織美夢。
而是存在現實之中，
仍然保持追求夢想的初衷。

如何能長成一朵
無畏的花？

度過許多風雨，
經過名為人生的練習，
猶豫不決漸漸被果斷取代。
丟掉以前沒有自信的自己，
語氣越來越肯定，
方向也越來越清晰。
喜歡的興趣要一直持續，
越來越忠於自己的心，
長成一朵無畏的花。

心中長出一朵花。

轉換心境需要調適，
維持正面心情也是需要練習。
雖然能記住的就這麼多，
多放進一點好的，
就能夠繼續支撐下去。

那樣溫暖的言語，想好好牢記腦海裡。
這樣開心的時刻，想永遠凝結在此刻。
許多美好的生活細節，不妨放進心裡；

才能在沮喪的時候，拿來反覆檢視回憶，
再鼓起勇氣，匍匐前進。

或許分離是為了製造下一次的相遇，
不管誰和誰相會，其實都該珍惜。

退遠一點，拉開一些時空和距離，
腦袋浮現畫面、倒帶回憶，細數這些點滴光景。
從前那些看上去再普通不過的相聚時刻，
都在記憶裡，變成最美麗的風景。

外表的尖銳，
是對抗現實長成的保護色，
是武裝起來而戴上的面具。

那麼冷靜、冷漠的模樣，
霎時間錯覺以為是誰的真實；

卻一時忘了，
其實每個人內心都是柔軟的呀！

卻忘了其實誰內心不都是柔軟的？

帶一點恢意回去。

把工作課業放在一邊，
把煩惱顧忌拋在腦後，
把情緒垃圾通通丟掉；
把腳步放慢，
把心情放鬆，
讓思緒跳接成放假模式，
Vacation mode is on!

把所有熱情
投注在一件事情。

你有你的方向，
我有我的風景。

用自己的步調前進，
不疾不徐。

把所有熱情
全部投注在一件事情上。
存在於現實，仍保有理想，
而不被外界腐蝕。

給親愛的完美小姐：

很抱歉我不是一百分，
也無法偽裝滿分。
那些被妳扣掉的分，
都只是我的真實。

真實小姐 敬上

Daydreamer's

EARTH

55

讓心找時間，
騰出一點空間，
借放一點空閒。

舒服地窩在自己的習慣裡。

在忙碌與忙碌之間，
在全然放鬆的閒暇裡，

跟時間借一點空間，
在空間裡忘記時間，
然後舒服地窩在自己的習慣裡。

努力實踐，
再把結局交給時間。

HOORAY!

做中學以及錯中學，
失誤也是一種排除錯誤選項的嘗試。
遇見錯誤，告別失敗，
遙不可及的成功
看起來就靠近了一些。
努力實踐，
再把結局交給時間。

Chapter 2
親愛的妳

妳會經歷一些挫折，或者已經告別一些。
妳曾經流過的眼淚，或許已經感到陌生。

以前很害怕的不碰的，現在已經克服了。
到最後妳會變成更好的人，
內心更強壯的人。

妳才是最美麗的風景。

越加越多的歲數，
看盡許多人情；
離開了熟悉的地方，
看過了許多美景，
才發現其實身邊的人，
是最美麗的風景。

不管去哪裡，和你一起
就都很有趣，心情也變美麗。

THERE IS NO PLACE LIKE HOME ♥

在離家很遠之後，
才發現家的存在，彌足珍貴。

生存需要放棄一些堅持和面子，
需要戴上幾張笑臉和面具。

才發現，沒有一個地方
可以讓妳不用全副武裝
——除了家。
因為家是妳最溫暖的堡壘，
血濃於水的聯繫，緊緊相依。

其實妳很幸運，
只是沒有察覺到而已。

妳最特別。

在多如繁星的人群裡，
妳是被吞沒的平凡人；
但在重要的人眼裡、心裡，
在愛裡，妳是特別的唯一，
綻放著屬於自己的光芒。

忙著拯求各種水深火熱，
也是需要休息的。

拖著疲憊的身體，
用盡力氣，但心還努力著。
那些沒能做到滿分的事情，別太在意。
因為拚命三郎如妳，其實已經很努力。
而且，家人都還和妳站在同一陣線呢！
如果真的累了，
就不要再把事情堆上去勉強自己。
已經很努力了，
就不要再用一時的失誤責怪自己。
妳只是需要多一點點休息，
就能少一些壓力。

傷心和眼淚一起蒸發了，
妳的煩惱不在了。

妳還在煩惱什麼呢？
回憶和舊物一起回收了，
煩惱和垃圾通通丟掉了，
傷心和眼淚全部蒸發了。
妳的煩惱也不見了。

沒有人，能比你自己更在乎你。

加油！
對自己說。

別把對別人的在意看得太重，
對自己的在乎放得太少太輕。
總是為別人設身處地，
也別忘記對自己好一點，
因為沒有人能比自己更在乎自己，
那些在意都不及你自己。

並不是從同樣的起跑點出發，
世界從來沒有公平，
現實不會突然變成童話。

但正因為有那些不公平，
平凡如我如妳，
才有空間去努力。

每一滴眼淚風乾後，
都變為曾經。

如果妳曾經傷心，
也許現在看來是雲淡風輕。
如果妳現在感到傷心，
請記得，落下的每滴眼淚，
在風乾後都變為曾經。

在所有的印象裡，
被喚醒的每一個細節，
都是最美好的妳。
隨時光荏苒、季節更迭，
妳在我的記憶裡，
都不曾老去。

生活難以變成童話，
不是每個願望都能在
吹過蠟燭後成真。

但妳仍然樂觀地
保有一絲希望，
一直不放棄。

親愛的，總會有好事發生，
幸運會輕輕擁抱妳。

如果無足輕重，
弄丟了、遺失了也沒關係，
是否存在並不會特別在意。
但因為是很重要的東西，
才有重複確認是否還在的必要。

那些不好的不開心的都藏起來了，
才會以為除了妳，大家都過得很好呢！
但是誰會輕易鬆口示弱呢？

真正的不開心適合自己消化，
或者吐露幾句給最親近的人，
不適合逢人分享。

眼睛在下雨，
而你等雨停，
等天晴。

總是會有情緒的時候，
但要像垃圾一樣定時倒掉。

偶爾會有不吐不快的時刻，
記得找個知心朋友聊聊。

讓自己一直置身負面情緒裡，
會不會忘記向陽的路怎麼走，
會不會忘記，維持正面情緒的重要？

終將成為過去。

挫折是現在的烏煙瘴氣，
是眼淚和憤怒的綜合體，
但也是未來成長的累積。
度過最難的那一關，
所有的一切，
終將成為過去的習題。

WHERE
ARE
YOU
?

以為遺失的，
其實還好好地
待在那裡。

I'M
HERE!

樂觀如妳，
偶爾也會步入低潮，
不小心就陷進迷惘，
知道自己姓名卻忘記自己是誰。
妳很明白正在往目標邁進，
卻不小心迷失在路途中。

用意志力矯正自己的失常，
用毅力再從頭走過一遍，
努力去兌換一整段人生。
錯了好幾次，
能不能猜對這一回？

總是用那麼完美堅強的樣子示人，
並不代表沒有脆弱的那一面；
或許只是被小心翼翼地收藏好，
沒能被誰看見。
「嘿！妳可以允許自己
　偶爾脆弱一下的。」

就像學會腳踏車以後，
不管過多久都不會忘記的平衡感。
在跌倒無數次以後，
妳也漸漸學會，丟不掉的勇敢。
雖然沒人能替妳勇敢，
也沒人能幫妳隔離悲傷，
但也沒人能拿走
屬於妳自己的堅強。

也許你一直想成為誰，
但成為你自己其實就很棒、很美。

妳是一匹奔跑中的馬，
卻沒能擁有太大的草原。
但妳跑得很快，風能夠證明。

不怕流汗，那是身體落下的星星。
也不怕疲憊，因為還沒有誰看見妳奔跑，
那樣認真的樣子，必須被看見。

妳是一匹奔跑中的馬，
黑色的馬，
跑過一片又一片的草原。

在山的那一邊，
妳一定能被看見。

總是會有很了解妳的閨蜜，
甚至比妳還了解妳自己。
雖然因為太熟悉了，
所以平常沒有說太多好聽的話；
但在最需要的時候，
她會說出最貼切心中的話，
那是最真實、最貼近自己的人。

有時候有很多話想說，
而且這些話只想對妳說。

有時候又沒有太多話好說，
因為太了解了，
妳總是知道我要說什麼。

時間太長，所以我們只算度過一小段快樂時光。
時間太短，短得來不及後悔就受傷。

偶爾會想起，
從熟悉走到陌生的人。

希望遠方的你很好，
雖然已經不在身邊。
彷彿不曾發生過，
其實深深烙印心裡；

彷彿沒有寫進我的故事裡，
其實介於今天和昨天之間。

彷彿時間和記憶是水鳥掠過，
以為經過一片了無痕跡，
卻是不能承受之輕。

荊棘過後是一片坦途。

Everything will be fine in the end.
If it is not fine, it is not the end.
選了一條越多刺的路，越耗時，
能獲得更多成就感的果實。
因為那些得來不易的，都是屬於你的。
把時間平放成一條長長的光譜，
那些看似荊棘的曾經，最終也會走成坦途。

辛苦如妳，一直很努力。
但是啊，工作是為了生活，
生活卻不該只充斥工作。

為了忙碌生活用盡時間、力氣
為了親愛的人們花上許多時間去相處、累積
也別忘了騰出一點時間給自己。

妳溫暖的問候是我吸收的光，
代謝掉一些憂傷，
才能在泥濘裡保存更多能量；
多踏出一步，
繼續向前走，
妳是讓我走得更遠的力量。

總是為了假期去哪裡而苦惱，
但在很久以後才發現，
和熟悉的人在一起，去哪都好玩。
因為去哪裡玩並不是最重要的事，
重點是和誰在一起！

好朋友知道妳的一切，
所有的好個性和壞脾氣。
她可以當傾倒情緒的垃圾桶，
也可以是秘密的守護者，
替妳分擔秘密的不能承受之重。
最要好的，才能守住最多秘密。

一起變老，一起都好。

Chapter 3
當我們一起走過

當時間在走，
青春不再回去，老去一直前進。
青春有你參與，老去也和你一起，
就不覺得可惜，也不會嘆氣。
因為能一起變老，也能一起變好。

一直以來謝謝你。

總是一起享受開心，也一起分擔憂愁。
一段關係有多濃，一份感情有多重，
就能一起感受更多情緒。

很想說「一直以來很謝謝你」，
但嘴巴卻吐不出字句，面子拉不下去，
只好用一點點行動來聊表心意。

YOU ARE MY FLOWER!

你最獨特。

常常覺得自己是渺小而平凡的存在，
但在某些時刻，
還希望能成為誰眼中的獨特。

看似無足輕重的，
在重要的人眼中就顯得珍貴無比！

像向日葵依戀著太陽，
一方依賴，
另一方被需要著。

深諳彼此脾氣、個性，好的壞的都沒變過。

時不時能憶起，曾經共度的芝麻綠豆小事，

因為彼此的青春重疊了好長一段，或許還在延續。

可以在同一個空間裡，並不特別熱絡交流，

有一搭沒一搭地聊著、這樣的陪伴，

是熟識才能建立的從容。

當時間在走，走得夠久，

我們從陌生到初識，最後也能變成好友、老友。

在越加越多的年紀裡，
只會有越積越多的秘密。

而我在秘密裡，
發現你。

畢業該有的快樂自由，期末一貫的折騰忙碌；
或許有離開前的難過，但對未來的茫然更多；
許多情緒輪番攪和。
離開一小撮人就會再遇上另外一小撮，
想來也就沖淡許多濃愁。

也許同窗關係之後不再緊密，
不再頻繁交換彼此瑣碎生活，
不再上演下課後的說了就走。
但希望再見到面時，某部分的我們蛻變得更好，
而另一部分仍如當初熟悉的依舊。

我的開心有這麼多。

（都給你啦！）

還好遇見了你。
因為想分享給你的只有陽光和開心，
很開心你也想分擔我的憂愁。
能有人能靜靜地聽我說，
心臟隨著彼此的喜怒哀樂跳動，
是幸福，也是幸運。

時間把我們推著向前走，

走過青春的畢業典禮。

曾經交集的生活圈接著錯開、形成岔路。

從陌生到熟悉，再從熟悉繞回陌生，

遺忘的臉孔和姓名越來越多，

大多只是經過。

值得懷念的人何其多，

但能夠持續碰面的，還剩下幾個？

只要珍惜一直聯繫著的朋友，那就好了。

在愚人節，
所有的玩笑話，
都有了合理的解釋。

那些不敢說出口的，
都偽裝成違心之論的樣子。

就静静地陪著,
不用多説一句什麼。

STAY WITH ME.

不知如何安慰人的話
就送上一個擁抱吧!
那比任何字句都更能溫暖你。
或者不多問什麼,
就這樣靜靜陪伴吧!
那比任何言語
都更能聽進心坎裡。

「再也沒有人比我了解你。」
那是一種很愛很愛的自信。

因為優點而喜歡，
最後連缺點也愛著。

把你放進我的寶物裡♡

YOU ARE IMPORTANT!

忙碌時好像忘記所有事情，
閒暇時卻不經意想起；
在時間的間隙裡，
我時不時地想起你。

重要的、在意的、占有分量的，
並不需要一直掛在嘴邊，
而是默默放進心裡。
我已經把你放進我的重要清單裡。

放心裡。

儘可能只展現好的那一面。

太客套的對話，就聊不進心裡。
離真誠太遠，虛假都會被看見。
其實都懂，卻依然言不由衷。

請相信，只要用心對待，
就不需再花力氣刻意去討好。

把帶刺的文字拔掉，
把偏激的情緒收好，
傷人的話就收起來吧！
這世界最不需要的就是紛爭了。
像刺一樣的話語套用在自己身上，
同樣也不會太好受啊！

在我迷糊的時候，細心地幫我記住；
在你緊張的時候，正面地幫你打氣。
或者偶爾低潮，會拉你一把；
或者一時迷惘，適時點醒我。
是一種我照顧你、
你照顧我的相知相惜。

尋尋覓覓，才發現你其實
就在這裡。

無法預測無常和明天誰先到來，
陪伴身邊的人們並不會一直都在。
擁抱所能擁抱的，
相聚能夠相聚的。

因為喜歡，所以展現最美好的樣子，
因為有愛，才放心展現真實的樣子。
想分享給你的只有陽光和開心，
很開心你也想分擔我的憂愁。

好默契無需言語，
時間累積了銘記。
哪怕是南轅北轍的存在，
頻率相通就能成為彼此的互補。
你是我最親密的人，
毫無血緣的情人。

在愛裡一起成長。

不管是家人、朋友、情人，
都要在愛裡，學習一起成長。
關係是用來經營的，
是每天的練習。
讓我們彼此磨合、一同學習。
像翹翹板有高有低，
平衡是我們之間最美妙的關係。

謝謝依然還在。

每告別一個階段，
都可能連帶告別一些要好的朋友，
但也幸運地留下幾個少少的知心好友。

或許不常碰面，
但總是會很有默契地，
每間隔一段時間，替對方空下一天。

從陌生走到熟悉，
是緣分，是得來不易。
從熟悉退回陌生，
是時間、距離帶來的遺憾。

而能夠一直熟悉、保持聯繫，
是幸運，
希望包括你。

很開心你過得很好，
　　即使我在遙遠的那一角。

與好久不見的朋友敘舊，
雖然闊別一年兩年，
但真心溫暖的問候，
填補久未相處的空缺，
真心讓我們的話題無縫接軌。
即使不能常常碰面，
知道彼此都過得很好，那就好了。

愛會怎麼出現無法計算，
要怎麼維持愛也難以被衡量。

借你一些陪伴，還我一些關心；
你少我一點記性，我多你一點在意。
其實不需要太過計較這段關係，
因為愛會怎麼出現，無法計算，
而怎麼維持愛，也難以被衡量。

愛很簡單，愛很自然。
LOVE is LOVE,

纖細的肩膀無法獨自承受過重的負擔，
撐不起愛，才需要另一個肩膀來分擔。

不管快樂或悲傷，
我們說好，無論如何都會一起承擔。

那些擦身而過的，
才顯得我們遇見是難得。

以億計數的人們，
終其一生能夠認識幾個？

無以計數的擦身而過，
那些認識了又離開的過客，
才凸顯我們相遇的可貴，
又能氣味相投，其實難得。

TILL THE END.

在故事的結尾與快樂的結局相遇，
是不是其實是一種難題？
是不是只存在美好童話裡？

妳說妳的心沒有那麼容易融化，
也沒有這麼多黏膩的說法，
因為冰塊遇上冬天，還是一樣。
沒有這麼想知道誰的每日最新近況。

直到妳遇上了他，
像冬天裡的太陽，
溫暖地靠近妳的心房，
偷偷解除妳的心防。

在你面前，
我最自在。

加一點她然後再加一點你，
無以計數的相處片段都丟進去；
再畫上幾筆
那些倒背如流的對話場景，
這些再深刻不過的回憶，
通通盡收眼底，
遂成為我心底一處最美麗的風景。

喜歡是放在嘴邊提及，是突然乍現的靈光。
愛是沉甸甸地囤在心裡，是長久相處的累積。

喜歡很大方，也很搖擺不定。
就像可以喜歡依賴，同時喜歡獨立；
有時喜歡雨天，有時喜歡風和日麗。
好心情時喜歡三五好友齊聚一堂，
壞心情時喜歡自己一個人靜一靜。

一份喜歡可以切割成很多塊，甚至沒有特定。
但愛雖然小氣，卻很堅定。
因為一份愛就只專屬於你。

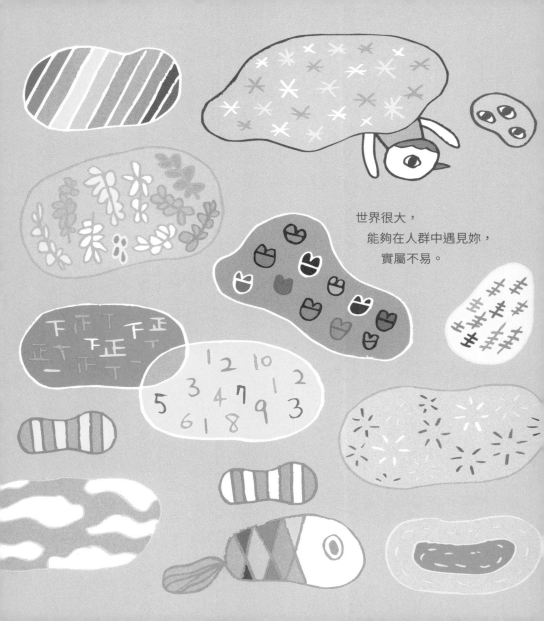

世界很大，
能夠在人群中遇見妳，
實屬不易。

世界很小，
　只夠住進最重要的你。

每一次的相聚最後都會分別。

好久不見的朋友相約聚聚，
互相交換近況、關心。
時間蛻變了我們，
但本質上還是所認識的那個你。
不變的是，我們都一直持續前進，
往夢想更加貼近，變成更好的人。
每一次的相聚，縱然多不捨，
但到最後都要分離。
期待下次再見！

國家圖書館出版品預行編目資料

謝謝你，依然在這裡 / Daydreamer's 作 . -- 初版 .
-- 臺北市：平裝本，2017.02
　面；　公分 . -- (平裝叢書；第 449 種)(散 . 漫
部落；17)
ISBN 978-986-93793-4-2(平裝)

855　　　　　　　　　　　　　　105025000

平裝本叢書第 449 種
散・漫部落 17

謝謝你，依然在這裡

作　　者—Daydreamer's
發 行 人—平雲
出版發行—平裝本出版有限公司
　　　　　台北市敦化北路 120 巷 50 號
　　　　　電話◎ 02-27168888
　　　　　郵撥帳號◎ 18999606 號
　　　　　皇冠出版社 (香港) 有限公司
　　　　　香港上環文咸東街 50 號寶恒商業中心
　　　　　23 樓 2301-3 室
　　　　　電話◎ 2529-1778　傳真◎ 2527-0904

總 編 輯—龔橞甄
責任編輯—陳怡蓁
美術設計—嚴昱琳

著作完成日期— 2015 年 10 月
初版一刷日期— 2017 年 2 月

法律顧問—王惠光律師
有著作權 ・ 翻印必究
如有破損或裝訂錯誤，請寄回本社更換
讀者服務傳真專線◎ 02-27150507
電腦編號◎ 510017
ISBN ◎ 978-986-93793-4-2
Printed in Taiwan
本書定價◎新台幣 320 元 / 港幣 107 元

● 皇冠讀樂網：www.crown.com.tw
● 皇冠 Facebook：www.facebook.com/crownbook
● 小王子的編輯夢：crownbook.pixnet.net/blog